JN242756

ホオズキくんの

オバケ事件簿

1

オバケが見える転校生!

富安陽子 作　小松良佳 絵

もくじ

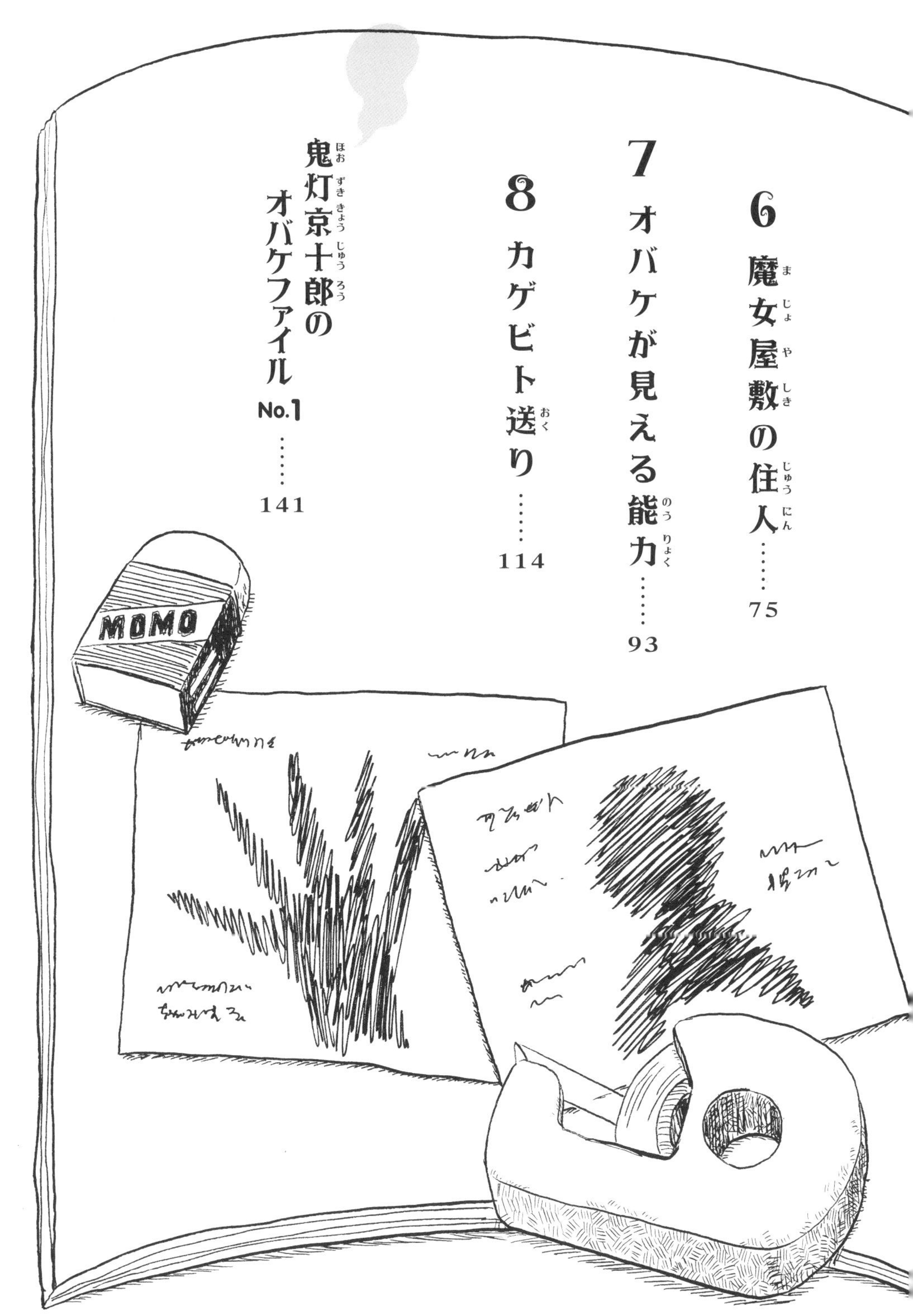
MOMO

1 しゃべるかげ

春の陽が、うらうらと縁側からさしこんでいた。春休み最後の日、ぼくはおばあちゃんちの座敷にねころがって、買ってもらったばかりのマンガの新刊を読んでいた。

明日から新学期が始まり、ぼくは四年生になる。新しい学年になるときはいつも、どこか落ち着かない気分になるが、今年は特に、心がざわついている。幼稚園からずっと仲のよかったユウキくんという友だちが、遠くの町にひっこしてしまったからだ。とり残されたぼくは、春休みのあいだじゅう、時間を持てあまし、さびしい気分で毎日を送った。

　今だって、マンガを読んではいるが、心の中にぽっかりあいたあなを、ときどき、ヒュウッと風が通りぬけるのがわかる。

「真先、もうじき、ごはんよ」

　家のおくから、おばあちゃんの声がした。声といっしょに、おばあちゃん特製チャーハンのかおりがただよってきて、ぼくのお腹がグウとなった。

「はぁい」

と返事だけしたけど、ぼくはまだおきあがらない。もうちょっと、あと何ページかで、マンガを読みおえるところだったからだ。

　さっきからずうっと、縁側の方に頭をむけ、腹ばいになってマンガを読んでいたせいで、両うでがしびれてきていた。

　マンガを手に持って、がばりとおきあがったぼくは、まだいっしんにページに目を落としたまま、両足を縁側の陽だまりに投げだした。

「おい」

と、低い声がした。

「え?」

と、目をあげたが、この家には今、おばあちゃんとぼくしかいないはずだった。ぽかぽかと陽のてる縁側のむこうの庭は、しんとしずまって、ふりかえってみても座敷に人かげはない。

(空耳かあ……)

と思って、もう一度、マンガのクライマックスに没頭しようと、ページの上に目を落としたとき、

「おい」

また、声がした。

びっくりしたぼくは、やっとマンガをとじ、今度こそ真剣に声の主の姿をさがそうと、あたりに目をくばった。でも……。

やっぱり、だれもいない。声は縁側のすぐむこうからきこえた気がしたのに、おばあちゃんちの小さな庭はからっぽで、ただユキヤナギがかすかに風にゆれているばかりだ。

「なんだよ。へんなの！」

ちょっぴりうす気味悪くなったぼくは、不安をふきとばそうと、大きな声でひとりごとをつぶやき、さっさと、おばあちゃんのいる台所に退散することにした。

立ちあがろうとして、縁側にのばした足の方になにげなく目をむけたぼくは、ハッと息をのんだ。

縁側にかげが落ちていた。黒い、人のかげだ。ぼくの右足が、ちょうど、そのかげの頭の所にかかっているのが見えた。

「え？　え？　えっ⁉」

でも、人はいない。かげはあるのに、そのかげを落としているはずの人の姿は見えない。だれもいないのに、くっきりと黒い、人の形のかげだけが縁側に落ちているんだ。

あまりのふしぎさに、身動きできずにいるぼくの耳に、また、低い声がきこえた。

「おい、頭ふむなよ」

背中がゾクリと、つめたくなった。

「わっ！」

と声をあげ、足をひっこめ、マンガを投げだし、ぼくは大あわてで、おばあちゃんの所まで走っていった。

「いったい、どうしたの？」

まっ青になっているぼくを見ておどろいているおばあちゃんに、今見たことを話したけど、おばあちゃんは信じてくれなかった。

縁側を確かめてみても、もう、あのかげは消えていたし、どこかから人が入りこんだようすもない。

家の玄関にも、門にも、庭のうら口にもかぎがかかっていて、異常はなかった。

おばあちゃんとおじいちゃんの家は古い家だ。おじいちゃんのお父さん、つまり、ぼくのひいじいちゃんの代から住んでいる家だから、きっと、築五十年は軽くこえていると思う。

「この家、ゆうれい、出るんじゃない？」

って、ぼくがきいたら、おばあちゃんに大わらいされた。

そんなの見たことも、きいたこともないって——。

だけど、じゃあ、あれはなんだったんだろう？　ぼくが見た、あの、かげ人間は？

見まちがい？　……ってことは、ぜったいにないと思う。だって、声もきこえたし……。

「おい、頭ふむなよ」なんていう空耳、きこえるはずがない。

おばあちゃんが作ってくれた、高菜とじゃこ入りのチャーハンを食べても、ぼくの気持ちは晴れなかった。

なんとなくもやもやしたまま、なんとなく不安なまま、ぼくは家に帰り、そして、そのまま新しい学年がスタートすることになった。

2 なぞの転校生

四月の新学期はいつも、緊張と期待でむねがそわそわする。でも今年のぼくは、期待より、ゆううつの方がずっと大きかった。

ユウキくんがいなくなって、なんだか心細い気分のところに、きのうのおばあちゃんちでの、不気味なできごとが重なって、さらに気分が落ちこんでいた。

これから始まる四年生の毎日も、黒い雲におおわれているような気がする。

四月の始業式の日には、体育館の後ろのかべに、新しいクラス名簿がはりだされることになっている。

いつもならユウキくんとふたり、「クラス、いっしょかな？」って、ドキドキ、ワクワク、名簿を見にいくんだけど、今年は、その相ぼうがいない。

ぼくらの学校は、全校児童が四百人たらずの小ぢんまりした小学校だ。ほとんどの学年がふたクラス。四年生なんて、全員合わせても、たったの五十一人だ……。いや、ユウキくんが転校しちゃったから、五十人かな。

とにかく、小学校生活も四年目となれば、学年の友だちはみんな顔見知りみたいなものだ。

（べつに、どっちのクラスでもいいや……）

ユウキくんぬきのクラス発表なんて、つまらない。ぼくは、しらけた気分で体育館の中へ入っていった。

クラス発表の名簿は、学年ごとにはりだされている。それぞれの紙の前は、すでに黒山の人だかりだ。

「やりぃ！　おれ、一組！　タツヤとイケちゃんといっしょだぁ！」

「おれの名前、ないぞ！　おれの名前、どこだ？」

「えーっ！　なんで、あたしだけ二組なのぉ？　ミズキもエッちゃんも一組なのに！」

「ラッキー！　ユウナちゃんと、またいっしょだ！」

もりあがるみんなを横目に、四年生の名簿の紙を目ざす。

おなじみの友だちが集まるかべの前にむかいながら、ぼくは、うん？と首をかしげた。

なんとなく、四年生のクラス発表の前の人ごみだけが、ほかの学年とちがう空気につつまれている気がしたからだ。

ほかはワイワイもりあがってるのに、ここだけは、ザワザワとざわついてる感じ。

ぼくが自分のクラスを確かめようと近づいていくと、人がきの後ろの方の何人かがふりかえって、ぼくをよんだ。

「あ、マサキ！　早く、早く！　見てみろよ！」

「なに？　どうかしたのか？」

ききかえすぼくに、三年のとき同じクラスだった福田厚（ふくだあつし）がいった。

「見ろよ。おまえの後ろに、へんなやつがいるぞ」

「え？」

ぼくは、ドキッとして、思わず後ろをふりかえりそうになった。

「ちがう、ちがう」

といいながら、アツシが、もどかしそうにぼくのうでをひっぱる。

「おまえの後ろっていうのは、おまえの名前の後ろってこと。ほら、一組の名簿（めいぼ）、見てみろって」

かべの前に集（あつ）まるみんなをかきわけるようにして、ぼくは前の方に進（すす）みでた。

かべには、一組と二組両方（りょうほう）のクラス名簿を書きだした、大きな紙がはってある。

「ほら、ほら！　あそこ」

後ろからせっつくアッシに指さされ、一組の名簿に目をやると、まず自分の名前がみつかった。

十四番、橋本真先。真っ先って書いてマサキって読む。

（今年は一組かあ……）

って思いながら、なにげなく、クラスのメンバーを確かめようとしたとたん……。

「なんだ？　これ……」

思わず、声に出してつぶやいた。

アッシのいったとおり、ぼくの名前のひとつあとに、見たことのない名前が書きだされていた。つまり、一組の十五番。でも、その名前ときたら、なんて読めばいいのか見当もつかないぐらい、へんな漢字がならんでいるんだ。

鬼灯京十郎
「オ……オニ？　オニ、ナントカ、キョージューロー？」

ぼくのすぐ横に立っていた真島仁美が、ぼくのことばをききつけて、口を開いた。

「ちがうんじゃない。オニで始まる名前なら、ハシモトのあとにこないもん」

よく見れば、ぼくの次がなぞの名前で、その次には、今しゃべった真島仁美の名前が続いている。名簿のならびはアイウエオ順だから、この名前は、ハのあとで、マの前ってことになる。

「こいつ、転校生かな？」

名前を読むことをあきらめ、ぼくは、とりあえず、だれにともなく、そう問いかけてみた。

「あったりまえ。転校生にきまってるだろ。でもな、マサキ、おどろくのはまだ早いぞ」

アッシが、なんだかうきうきした調子でぼくにいった。

「なんと、なぞの転校生がもうひとり！　二組にも、いるんだ！　ほら、見ろ！　ぼくの後ろ！」

「え？」

びっくりして、一組の横にならんだとなりのクラス名簿を見つめる。

ワァワァさわいでいる福田厚の名前が、目にとびこんできた。二組の十三番。

そして、そのアッシの名前の次には……。

鬼灯京四朗

「え？　え？　ええっ⁉　なんで？　おんなじ名字じゃん！　おんなじ名字の転校生がふたり？　どういうことだよ？　兄弟……？　じゃないよな？　どっちも四年だし……」

「双子だよ、きっと」

アッシは、とくいそうにいった。

「え？　双子の転校生？　しかも、名前はなぞ？」

思わず興奮してつぶやきながら、ぼくは心の中でさけんでいた。

（あやしい！　あやしすぎる！）

四年生のクラス発表を見守る人の輪がざわついていた理由が、やっとわかった気がした。

双子の転校生がやってくることなんて、まずめったにないわけだし、鬼がついてる名前もめずらしい。京十郎と京四朗っていう名前も、なんとなく古めかしくてあやしげだ。

（いったい、どんなやつなんだろ？　このオニ、ナントカ、キョージュ
ーローってやつ……）

「おーい！　前のやつ、チェンジ！」

「前の人、どいてよぉ！　クラス発表が、見えませぇん！」

かべの前で、ごちゃごちゃやっているぼくたちにしびれを切らして、
人ごみの後ろの方から声がとんできた。

「早く、どいてったら！」

ぼくは、あわててかべの前から退散しようと体のむきをかえた。

そのときだった——。

ぼくのすぐ後ろに、黒い人の形のかげがつっ立っているのが、確かに
見えたんだ。

4年1組
4年2組

ハッと息をのんだときにはもう、そいつは、ひゅんとちぢんで、ざわめく人ごみの中にひっこんで見えなくなってしまっていた。

背中が、ゾクリとつめたくなった。

きのう、おばあちゃんちの縁側で見た、しゃべるかげのことが頭の中をよぎった。

「おい！　マサキ！　どけよぉ！」

「チェンジ！　チェンジ！」

とんがった声にせきたてられ、ぼくはやっと、その場をはなれた。

ドキドキとさわぐ心を落ち着けようと、大きく息をすい、もう一度、こっそり、かべの前の人だかりをふりかえってみる。

もう、あのかげは見えない。

四年生の新学期初めてのチャイムが、体育館になりひびいた。

3 その名は鬼灯京十郎

校長先生の長いながぁぁいお話がおわり、ようやく教室に入る。

新しい教室は、東校舎の二階のはじっこだった。クラス担任は、広沢洋先生。のんびりした、黒ぶちめがねの、気のいいおっちゃん先生だ。

二組の担任は、おこるとめっちゃこわい小西由美先生だったから、ぼくは心の中で、ラッキー！　って思った。

席がえをやるまでのあいだ、新学期の座席は、名簿順にすわることになっている。出席番号十四番のぼくの席は、廊下側から三列目の後ろから二番目。これも、まあまあのポジションだ。先生のまん前の席なんかになったら、たまらない。

ぼくの後ろには、ぽつんとひとつ、からっぽの席。ここに、きっと、あのなぞの転校生がすわることになるんだろう。

新しいクラスでのホームルームが始まり、広沢先生が、新学期第一週目の予定を話しだすころには、ぼくはもう、さっき見た黒いかげのことも忘れていた。

先生が黒板に、明日の時間割を書き始めたそのときだった。

教室の前のとびらを、トントンとノックする音がきこえた。

ぼくの席まできこえたのに、広沢先生は、ノックの音に気づかないのか、短縮授業の説明を続けている。前の方の席の子たちが、ざわつき始めた。

トン、トン、トン!

今度は、もっと大きい音。とびらのすりガラスごしに人かげが見える。

「先生、廊下、廊下！」

教壇の前の席の中島大貴がとびらを指さした。

「おおっと、いけない！」

広沢先生が、あわててチョークをおき、すりガラスのはまった引き戸を、ガタピシとひっぱりあける。

校長先生が立っていた。そして、その後ろには……、

「おーっ！」

と、教室がどよめいた。

「転校生だ！」

「来たぞ！」

「わ！　双子だ、双子だ！」

「おい！　こら！　しずかに！」

って、先生がいったけど、教室のさわぎはおさまらない。

「きゃあ！　おんなじ顔してる！」

「服も、おんなじ！」

「かた一方は、めがねかけてるぞ！」

ぼくの席からは、校長先生の後ろの転校生の姿は見えなかった。

「こおら！　しずかに！」

校長先生が、パンとひとつ手をたたいて、どなった。

さすが、校長先生。教室の中が、やっとしずかになる。

すると、校長先生に背中をおされるようにして、ひょろっとした男の子がひとり、しずまる教室の中に入ってきたんだ。

「では、広沢先生。あとは、よろしく」

そういい残して、校長先生がとびらをしめる。

四年一組の教室にいる全員の視線が、すいよせられるように、なぞの転校生に集まるのがわかった。

「ようし、みんな、紹介しよう。四年一組の新しい仲間だ」

広沢先生が、くさいセリフをいいながら手まねきすると、転校生の男の子は、ゆっくり教壇の方に進み始めた。みんなの視線も、その子にひっぱられるように動いていく。

黒っぽいセーターに、デニムのズボン。身長は高め、ひょろっと細め。めがねはかけていない。

どれだけみんなに見つめられても、その子はにこりともせず、てれたようすもなく、まじめくさった顔をして、だまって、先生の横までいって立ちどまった。

広沢先生が、にこにこわらいかけても、そいつはやっぱり、わらわなかった。

先生が、教室の中をぐるりと見まわして口を開いた。

「クラス発表の名簿を見て、みんなもう、気がついていたと思うけど、今日から、新しい友だちがひとり、四年一組に加わります。名前は……」

そういったまま、先生が、くるりと黒板の方をむく。

チョークをとりあげ、広沢先生は書きかけの短縮授業の時間割の横に、でかでかと字を書き始めた。

黒板に、あの、なぞの漢字がしるされていく。

鬼灯京十郎

白いチョークで書かれた転校生の名前を見て、教室の中がまた、ざわめいた。

先生がくるりとまた、こっちをむく。にこにこ……いや、にやにやわらいながら、広沢先生が、みんなに問いかけた。

「だれか、この名前、読めた人、いるかぁ？」

ざわめきが大きくなった。

「オニ……ナントカ、キョージューロー」

「あれ、けいこう灯の灯でしょ？　オニトウ？」

「キトウ！　鬼はキって読むから、キトウなんじゃね？」

「キトウ・キョージューローだな！　きっと！」

そのときだった。

転校生が、しゃべった。ぼそりとひとこと。

それは、つぶやくような低い声だったが、なぜか、ざわめきのあいまをぬって、びっくりするほどはっきりと、教室の中にひびきわたった。

「キトウじゃねぇよ。ばーか」

　こおりつくような沈黙が、しーんと教室をつつんだ。人を見くだしたような転校生のその第一声が、いっしゅんにして教室じゅうを気まずい空気にかえるのがわかった。

「なんだ？　こいつ……」

　だれかが、とんがった声でいうのがきこえた。

　転校生は、動じない。やっぱり、

にこりともせず、こまったようすもなく、ただうんざりしたように、だまって先生のとなりにつっ立っている。

「残念でしたー！」

とつぜん、広沢先生が、その場をもりあげようと、むだに明るい声をはりあげた。

「キトウでは、ありませーん！　おしい！　鬼という字に、けいこう灯の灯と書いて、なんと、ホ、ホ、ホオズキ、と読みます！　正解は、ホオズキ・キョージューローです！」

「えっ？」

先生の作戦は、ある意味成功だった。あまりに意外な転校生の名前におどろいたみんなは、腹を立てるのも忘れ、口ぐちにさわぎだした。

「ホオズキー！」

「まじで⁉」

「ぜんぜん、おしくないじゃん！」

「なんで、ホオズキ？　鬼に灯で、どうして、ホオズキなの？」

ぼくも、自分の席で思わずつぶやく。

「ホオズキかあ……。だから、ハシモトの後ろで、マジマの前なのかあ……」

みんながもりあがっても、転校生はやっぱり、にこりともしなかった。まるでわらったら損だとでも思っているかのように、むっつりと表情をかえない。

「ホオズキというのは、もともとは植物の名前なんだぞ」

広沢先生が、はりきって説明する。

「はち植えにして育てると、夏のおわりに、赤い実をつけるんだ。その実は、袋みたいながくにつつまれてる。こんなふうに……」

　そういって先生は、転校生の名前の横に、袋に入ったホオズキの実の絵をかいてみせた。

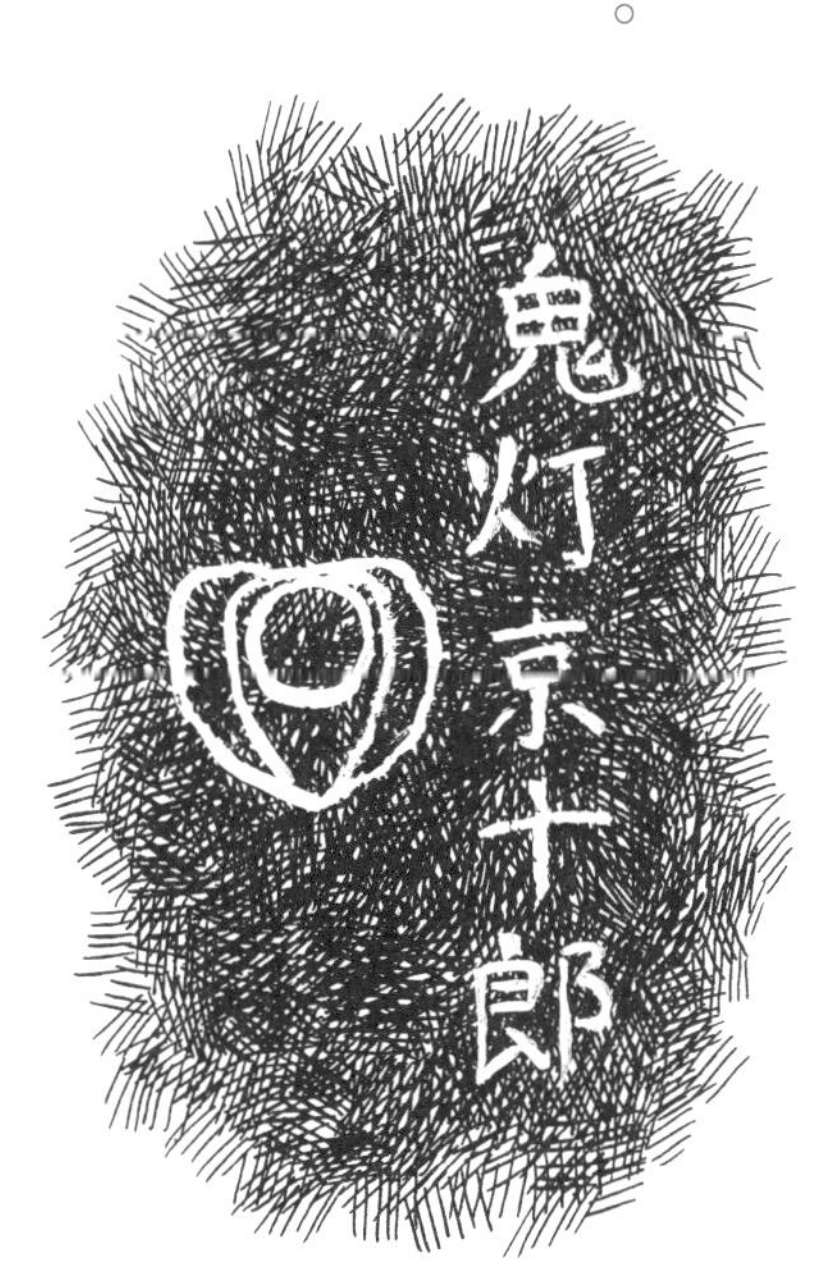

「ああ！　知ってる、知ってる！」とか「おばあちゃんちに、あった！」とかいう声が、教室のあちこちからあがった。
「この実のようすが、鬼のともす灯みたいだから、鬼の灯という字を書いて、ホオズキって読むんだそうだ。先生も、インターネットで調べて初めて知ったんだけどな」
　ずり落ちていた黒ぶちめがねを、ひょいと鼻の上におしあげ、先生は、とくいそうにそういって、にっこりわらった。

「ホオズキくんには、双子のお兄さんがいる。お兄さんの方は、二組だ。同じクラスにホオズキくんがふたりもいたら、ややこしいからな。うちのクラスのホオズキくんは、京十郎、二組のお兄さんは京四朗。みんな、仲よくするんだぞ！」

先生は、そういって、満足そうに教室を見まわしたけど、先生の横につっ立っている転校生――、いや、ホオズキくんは、みんなと仲よくしたいと思っているようには見えなかった。

ひとことあいさつをするようにうながされて、教壇にあがったが、ぺこりと頭をさげただけ。ホオズキくんの口から出てきたのは、「よろしく」という、本当に、たったのひとことだけだった。

「感じ悪いやつだな」

ななめ前の席の来田優が、ぼくの前の席の、野上守に、こそっとささやくのがきこえた。

「ええと、では、ホオズキくんは、三列目のいちばん後ろの席にすわってくれ。席がえは来週になるから、それまでは、そこがきみの席だよ」

「はい……」

というような声を出して、ホオズキくんは歩きだした。

三列目と四列目のあいだの通路を通って、ぼくの方に近づいてくる。ぶあいそうな転校生と、もろに目をあわすのはいやだから、ぼくは顔をあげずにうつむいていた。

スタスタと通路を歩いてきたホオズキくんが、ぴたりと立ちどまった。ぼくの机の前で足をとめたんだ。

なんだ？　と、目をあげたら、ホオズキくんとばっちり視線があってしまった。

ホオズキくんは、こっちを見ていた。なんだかめずらしいものでも見るような目で、じろじろ、ぼくのことを見つめている。

「なん……」

だよ？　と問いかけようとしたとたん、ホオズキくんは、ぼくから、ふいと視線をそらした。

なにごともなかったように、ぼくの横を通りすぎ、後ろの席にこしをおろす気配がわかった。

（なんだ？　なんで、こっちをじろじろ見てたんだろ？）

気になったが、たずねることもできない。背中がむずむずするけど、ぼくは、ふりかえりたい気持ちをがまんした。

「みんな！　時間割、ちゃんとうつせよ！　今週は短縮授業だから、まちがえないようにな！　持ちものもうつしたか？　四年生のスタート早そう、忘れものなんかするなよぉ！」

広沢先生の声をききながら、ぼくは、黒板に書きだされた時間割を、連絡帳に書きうつしにかかった。

教室の中には、みんなが鉛筆を走らせる音が、さらさらとひびきだした。

（あれ……？）

ノートをとりながら、ぼくはハッと息をのんだ。机の上に広げた連絡帳の上に、黒いかげが落ちている。そこだけ手もとが暗くなって、字が書きづらいんだ。

鉛筆をとめて、ノートから目をはなし、机の上を見まわしたとたん、心臓がバコンとはねあがった。

机の上に、人のかげがうつっている。まるで、すぐ横にだれかが立っていて、その人の頭のかげが、ぼくの机の上にのびてきているみたいなんだ。

でも……でも、人なんていない。立っている人なんていない。それなのに、いないはずの人のかげが、ぼくの机の上にうつっているのだった。

ぼくは悲鳴をのみこんで、ゴミでもはらうみたいに、ひっしになって机の上の黒いかげを手ではらいのけようとした。あせりすぎて、連絡帳が、机の下にバサリと落っこち、消しゴムがどこかにふっとんでいったが、それどころじゃない。

STAR

「おうい！　橋本！　なにやってる!?」

先生が、どなっている。

「あ……」

と、ぼくはことばをのみこんだ。

「橋本！　連絡帳、落っこちてるぞ！」

「あ……、はい」

と、先生にことばをかえし、二列目とのあいだの通路に落っこちた連絡帳をひろいあげ、それからぼくはもう一度ゆっくり、机の上を見まわしてみた。

見まわしてみても、もう、かげは見えなかった。さっきは、確かに、くっきりとうつっていたのに、連絡帳がふっとんだのと同時に、消えてしまったんだ。背中だけが、まだゾクゾクしている。

クス、クス、クス……と、かみ殺したようなわらい声がきこえた。

後ろで、だれかがわらっているみたいだ。

まだぼうぜんとしながら、ぼくは、かげの消えた机から目をあげ、ちらりと後ろをふりかえった。

後ろの席の転校生が――、あのホオズキくんが、わらっていた。

クス、クス、クス……と、おかしそうに、声を殺してわらっていた。

なぜわらっているのだろう？　と思ったとき、なぜだかぼくの心の中に、ひとつの答えがひらめいた。

（こいつ、あのかげを見たんだ！　あのかげを見て、わらってるんだ！）

4 公園の人かげ

始業式の一日は、あっというまにおわり、ぼくは新しいクラスの友だちと、ぺちゃくちゃしゃべりながら、教室を出た。

ちょうど二組も、ホームルームがおわったところらしく、前と後ろのとびらから、となりのクラスの子たちがどっとはきだされてくる。

おどろいたことに、双子のかたわれのホオズキくんは、すっかり二組の子たちとうちとけているようだった。一組のホオズキくんは、ひとりでさっさと教室を出ていってしまったのに、二組のお兄ちゃんの方は、何人かの友だちとつれだって、楽しそうにしゃべりながら廊下を歩いている。

ぼくは、ホオズキ兄弟が、あんまりそっくりなので、びっくりした。弟の京十郎と兄の京四朗。背たけも体格も顔もうりふたつだ。新しい学校の初日だからなのか、ジーンズの上に、白シャツと黒いセーターという、かための服装まで、ふたりとも同じだった。

ちがっているのは、二組の兄は青いフレームのめがねをかけていること。それから、すっごくフレンドリーな雰囲気のやつだっていうことだ。

今も、にこにこ友だちと冗談をいいあいながら、ぼくの前を通りすぎていった。

「顔はおんなじなのに、性格、ま逆みたいだな。うちのクラスのやつは性格最悪……」

ぼくのすぐ横で、中島大貴が、ぼそっといった。ぼくは、ダイキのことばにうなずきながら思っていた。

（あいつは、性格が悪いだけじゃない。なんだか、すごくあやしいやつだ）

机の上にうつっていた黒いかげと、後ろの席からきこえてきたホオズキくんのクスクスわらいが、心の中によみがえって、また、背中がゾクゾクした。

あんなやつと同じクラスだなんて、このさきが思いやられる。

ぼくは、四年生の新学期の一日目を、大きなため息でしめくくって、学校を出た。

同じ方向に帰るダイキとマッチンとは、国道をわたったところでわかれ、そこからは、なだらかな坂道をひとりでのぼっていく。

ひっこしてしまったユウキくんの家は、ぼくの三げんとなりだったから、今まで、学校の行き帰りにこの坂を通るときは、いつもふたりだった。坂の右側にはキリン公園っていう小さな公園があって、キリンのすべり台が長い首を地面にのばしている。

（よくふたりで、道草くったなあ……）

そんなことを思いながらぼくは、道草の指定席だった公園のサクラの木の下のベンチに、ぼんやり目をやった。

「……!?」

見えない手に、心臓をぎゅっとつかまれる気がした。

だれもいない空色のベンチに、黒い人形のかげがすわっていた。

あいつだ！　あの黒いかげが、公園のベンチにすわっている！

ベンチとベンチのまわりの地面には、サクラのこずえからの木もれ日が、ちらちらとゆれていた。その木もれ日の中、黒ぐろとした人の形のかげが、はりつくようにして、ベンチにこしかけているのが見えた。

かたまってしまったぼくが息をのみ、じっと見つめていると、ふいに大きな風が坂の上からふくらんできて公園の中にふきわたった。公園じゅうの木立ちが、いっせいに身をよじる。サクラのこずえがざわめき、ちり残っ

た花びらが、パアッと風の中にまいあがった。

地面に落ちた木もれ日が、キラキラゆれかえったかと思うと、黒いかげは、ゆらめく光とうずまく花びらにまぎれ、かき消すように見えなくなってしまった。

ドキ、ドキ、ドキ……。

風がやみ、しんとしずまった坂道のとちゅうで、ぼくは動くこともできず、自分の心臓の音をきいていた。

(なんだよ、あれ？　なんだよ、あれ？　なんなんだよ⁉)

混乱する頭で問いかけてみても、もちろん答えてくれる人なんていない。しかし、そのとき、立ちつくすぼくの耳にかすかな足音がきこえた。

ハッと目をあげたぼくは、もの音のした公園のおくに目をこらした。

キリン公園には、出入り口がふたつある。今、ぼくが立っている坂道

側の西口と、小さな砂場のおくに見える北側の出口だ。北側の出口からは、公園と上の通りを結ぶコンクリートの急な階段がのびていた。

ぼくが目をむけたとき、砂場の横のクヌギの木かげから北口の方へ人かげがひとつ、急ぎ足に出ていくのが見えた。北口を出て、コンクリート階段を、一段とばしでのぼっていく。

その、ひょろっとした人かげの後ろ姿を見たぼくは、思わず、

「あ……」

と声を出してしまった。あの後ろ姿には見おぼえがある！

黒いセーターに、ジーンズ……。あれは、あいつは……。

（ホオズキ・キョージューローだ！）

いや……、もしかすると、キョーシローの方かもしれない。顔が見えたわけじゃないから、めがねをかけていたかどうかは、はっきりしない。

でも……、

（でも、やっぱ、きっとあれは、うちのクラスのホオズキくんだ……）

と、ぼくは思った。

あいつはきっと、クヌギの木のかげにかくれて、ぼくのことを、こっそり見ていたんだ。ベンチに現れた黒いかげと、かげを見てびくびくするぼく

を見物して、クスクスわらっていたんじゃないだろうか？

でも、どうして？

（どうして、いつも、あのかげが現れるとこを、ホオズキくんは目撃してるんだろう？）

これでもう、二回目だ。ほかの友だちや先生はだれもかげに気づいているようすはないのに、ホオズキくんだけが毎回見てるなんて、どうもおかしい。

そもそもあいつは、こんなところで、何をしていたんだろう？

「ホオズキくんの家、この近くなのかなあ……」

声に出してつぶやきながらぼくは、ホオズキくんがかけあがっていった公園の北口の階段の上をうかがった。

ホオズキくんの姿は、もう見えない。階段の両側からはみだした木々の枝が階段の行く手をおおいかくしていた。

国道から北にむかってのびる坂の上には、桜東町、桜西町というふたつの町がある。ぼくの家は坂をのぼりきった左手に広がる西町の方なんだけど、坂の右手の東町へいくには、この坂をあがるより、公園をつっきって北口の階段をのぼった方がずっと近道なんだ。

もしかすると、ホオズキくんの家は桜東町なのかもしれない。

「……でも、東町って、確か、古い家ばっかだよなぁ……」

ぼくは、またつぶやいた。

ぼくんちのある西町には、建って五、六年の新しい家ばっかりがならんでいるけど、桜東町の方は、うってかわって古い町だ。生けがきにかこまれたかわら屋根の家や、古めかしい二階建てのアパートなんかがひしめきあっている。特に、コンクリート階段の上に建つ洋館は、ぼくとユウキくんのあいだでは「魔女屋敷」で通っていた。

青銅色のとんがり屋根に、小さなえんとつ。よろい戸つきの出窓、ツタにおおわれたかべ……。ところどころペンキのはげかけた門柱に、表札はかかっていないのに、夕方になると、その洋館にはあかりがともる。

ときどき、小さなおばあさんがひとり、家の中へ入っていくのを見かけたことがあって、ぼくとユウキくんは、

「きっと、魔女だ！」

って、冗談でもりあがったものだ。

そんなむかしからの人たちがくらす古い町に、ホオズキくん一家がひっこしてくるような家なんて、あるんだろうか？

「あやしい……。とにかく、あいつはあやしいやつだ。気をつけなくっちゃ……」

ぼくは、自分にいいきかすように、そうつぶやくと、ぶるんと身ぶるいをした。

さっき、風にとばされてきて、ぼくの頭の上にくっついていたサクラの花びらが一枚、ハラリと道の上に落ちていった。

坂をのぼろうとしてぼくは、もう一度こっそり、キリン公園のベンチを確認した。

空色のベンチの上に、かげ人間の姿は見えなかった。

あいつは、いったい、なんなんだろう？　どうして、ぼくにつきまとうんだろう？

春の陽ざしは、ぽかぽかと暖かいのに、背中がまたちょっぴり、ぞくぞくした。

5 入れかわった調査票

家に帰るなり、お母さんの質問攻撃が待っていた。

「何組だった？　先生はだれ？　仲よしの子はいた？　ミキちゃんは？

松居ミキちゃんは、今年もいっしょのクラス？」

去年までは、ぼくとお姉ちゃんふたりで攻撃をうけとめればよかったんだけど、今年からお姉ちゃんは中学生になって、ひと足早く、入学式もおわってしまっていた。だからこの日は、ぼくだけが、質問ぜめにあうはめになっちゃった、というわけだ。

「マッチンとゴットンがいっしょ。ミキちゃんは二組。ぼくは一組。先生はヒロヒロだった」

「ヒロヒロ？」

お母さんがききかえす。

「広沢洋先生」

「ああ。あの大きい男の先生ね。二組の先生はだれだった？」

となりのクラスの担任の先生なんて、お母さんになんの関係もないと思うんだけど、しかたないからいちおう答える。

「小西由美先生だよ」

「ああ。小西先生って、きびしい女の先生よね」

お母さんの情報網（じょうほうもう）は、いつも大したものだ。

「四年生になって、勉強（べんきょう）もむずかしくなるんだから、きびしい先生の方がよかったのに……。勉強さぼったら、ビシバシおこってくれるような……。なんで小西（こにし）先生が一組の担任（たんにん）じゃないのかしらね」

まるで、それがぼくの責任（せきにん）だというように、お母さんは、みけんにしわをよせて、こっちを見た。

「知らないよ、そんなこと」

ぼくは、ぶつぶつと口の中で答える。

「女の子は？　女の子は、だれと同じ組だった？　森口彩花（もりぐちあやか）ちゃんは？　赤松千裕（あかまつちひろ）ちゃんは、いっしょ？」

ぼくのクラスの女子を確認（かくにん）して、なんの得（とく）があるんだろう？　と思いながら、またしかたなく、もぞもぞ答える。

「赤松さんはいっしょ。森口さんは、二組だった……と思う」

「と、と、と思う？」

お母さんが、あきれたように目をまるくする。

「と思うって、あんたのクラス、たった二十五人でしょ？　なんで同じクラスの女の子ぐらい、きっちりおぼえて帰ってこないのよ。まったく……」

「だって、同じクラスの女子なんておぼえてなくったって、こまらないんだもん」

ぼくがいいかえすと、お母さんは、フフンと鼻でわらった。

「なにいってんの。算数ドリルの宿題のページがわかんなかったときも、社会科の確認テストの範囲がわかんなかったときも、家庭科実習の持ちものがわかんなかったときも、女の子には、しょっちゅうおせわになっ

てるじゃないの。いっつも電話して、連絡帳の内容を教えてもらってる
恩を忘れたんじゃないでしょうね？　クラスの女子をおぼえてなくて、
いちばんこまるのは、あんたでしょうが」
ぐっとことばにつまるぼくの目の前に、お母さんがてのひらをさしだ
す。
「ほら、プリントは？　いっぱいもらってきてるでしょ？　ぐちゃぐち
ゃにしちゃうまえに、すぐ出しなさい。今、出しなさい」
「ちえっ」
と、小さくはきすてて、ぼくは手さげかばんの中から、その日持って帰
ってきたプリント類をひっぱりだしにかかった。
新学期の初日は、やたらとプリントが多い。たっぷり、ひと束分もあ
るプリントは、すでに手さげかばんのそこで、ぐちゃぐちゃになりつつ

あった。

「あー。もう、ぐちゃぐちゃになってる！」

お母さんが、プリントの束をうけとって、ぼくをにらむ。

「なんで、クリアファイルにはさんでこないの。毎回、いってるでしょ？　ほら、見て。このプリント、アコーディオンみたいになってるじゃないの」

しわしわに折り目のついたプリントを台所のテーブルの上にひろげて、しわをのばしながらお母さんは、ふと首をかしげた。

「これ、家庭調査票よね？」

プリントの束の中に一枚、ぶ厚くて白いふたつ折りの紙がまざっていた。その紙をとりあげて、お母さんが、また首をかしげる。

「これ、毎年、出すんだっけ？」

家庭調査票というのは、家から学校までの道順の地図や、緊急時の連絡先なんかを書いた紙だ。

「なんか変更があったら、そこのとこだけ、ホワイトで消すか、上から紙をはって、書き直せってさ。変更がない人は、調査票の四年生のらんにハンコだけおして提出すればいいんだって。ヒロヒロが説明してた」

（どうだ。ちゃんときいていただろう）

と、ぼくはむねをはる。

でも、お母さんは、ぼくの話をきいていないようだった。

「これ、だれの調査票？」

ふたつ折りの紙を開いて中を見たお母さんが、びっくりしたように、目をみはっている。

ぼくが横からのぞきこむと、その調査票のなかみは、まっさら——。

なにも記入されていなかった。……いや、ひとつだけ、記入されている
らんがある。「児童の氏名」だ。そこには、名前のハンコがおしてあっ
たんだけど……。
「げっ！　これ、あいつの調査票だ！」
ぼくは、お母さんより、もっとびっくりしてさけんだ。
ハンコの名前は、「鬼灯京十郎」！
だから、まっさらなんだ！　これは転校してきたホオズキくんの家庭
調査票なんだ！　……でも、なぜ？
「これ、だれ？　なんていう名前？　あんたのクラスの子？　こんな子、
四年生にいる？　まさか、転校生？」
お母さんの口から、五連発の質問がとびだした。
「鬼と灯って書いて、ホオズキって読むんだ。ホオズキ・キコージュー

ロー。うちのクラスの転校生だよ」

「えーっ⁉　転校生がいたの？　なんで、早くいわないの、大ニュースじゃない！」

お母さんは、おこったようにいった。

「どんな子？」

六つ目の質問。

「あやしいやつだよ。性格も悪そう」

と、ぼくは答えた。

「二組のお兄ちゃんの方は、いいやつみたいだけど、うちのクラスの弟の方は、感じ悪いやつなんだ」

「え？　二組のお兄ちゃん？　うちのクラスの弟？」

お母さんの頭の上に、でっかいクエスチョンマークがうかぶのが見えるようだった。

「あ、つまり、ホオズキくんは双子なんだ」

「えーっ⁉　双子の転校生⁉　なんで⁉　なんで、いわないのよ‼　大、大、大ニュースじゃないの‼」

お母さんは、なぜか興奮している。

「それで？　どうして、そのホオズキくんていう転校生の家庭調査票を、あんたが持って帰ってきてんの？　あんたの調査票は、どこ？」

それは、ぼくにもわからなかった。

「うーん……。まちがったんじゃないかなぁ……。ヒロヒロが、ぼくの分とホオズキくんの分を、あべこべにくばっちゃったのかも……」

家庭調査票をくばったのは広沢先生だ。出席番号順にすわっているぼくたちに、一枚ずつ調査票をくばってまわったんだと思う。……よくおぼえてはいないけど……。

きっと、そのとき、出席番号十四番のぼくの調査票と、出席番号十五番のホオズキくんの調査票を逆にくばったんじゃないかな……と、ぼくは思った。

「ほんと？　先生がまちがったの？　あんたがまちがったんじゃないの？」

「ちがうよ！」

と、ぼくはいった。

「くばったのは、先生だもん！　ぼくとホオズキくんは、出席番号が一番ちがいだから、きっと先生がくばりまちがえたんだよ」

お母さんは、ぼくのことばにはコメントなしで、次の質問をはなった。

「じゃ、あんたの調査票はホオズキくんが持ってるのね？」

「たぶん……」

と、ぼく。

「ホオズキくんて、家は、どのあたりなの？　どこにひっこしてきたか、知ってる？」

「知らない」

といってから、ぼくは、ハッと思い出していいたした。

「でも、ひょっとしたら、桜東町(さくらひがしまち)かもしれない。今日、学校の帰り、キリン公園の北口の階段(かいだん)をのぼってくホオズキくんを見かけたから……」

「ああっ！」

お母さんが、とつぜん、大声でさけんだので、ぼくは心臓(しんぞう)がひっくりかえりそうになった。

「わかった！　あの家よ！　きっと、そう！　つい先週、ひっこしのトラックが、あの家の前にとまってるの見たもの！　最近、桜東町でひっこしがあったのは、あの家だけだと思うわ！　きっと、あそこに、こしてきたのよ、そのホオズキくんていう転校生は！」

大興奮状態のお母さんに、ぼくは、おずおずとたずねた。

「あ、の、家って、どの家？」

「ほら！　公園の北側の階段あがってすぐの、大きなお屋敷よ！　あんたとユウキくんが『魔女屋敷』っていってた、古い家！」

「えーっ!!」

と、今度はぼくがさけんだ。

「うそっ！　魔女屋敷に、ひっこしてくるなんて、まじ、ありえない！　だって、あそこには、魔女のおばあさんが住んでるじゃん！」

「わかんないわよ、そんなこと」

お母さんは、意味ありげな目つきで、ぼくを見た。

「おばあさんの親戚なのかもよ。それで、いっしょにくらすことになったとか……」

そうなのかなあ？　と、ぼくは首をひねった。

「まぁ、確かめてみれば、わかるでしょうけどね」

お母さんがそういったので、ぼくは、え？　と顔をあげた。

「確かめてみるって、どうやって？」

お母さんが、にやりとわらう。

「もちろん、あの家にいってみるのよ。家庭調査票をとりかえっこしに、いってらっしゃいよ」

「えーっ⁉　やだよ！　魔女屋敷にいくなんて‼」

ぼくは、ブンブンブンと三回、首を横にふった。

「だって、本当にあそこがホオズキくんちかどうかなんて、わかんないし！　もし、まちがってて、魔女が出てきたら、どういえばいいのさ」

「ふつうにきいてみればいいじゃないの。『すみません。こちらに、ホオズキ・キョージューローくんは、いませんか？』って……」

「だから、いやだってば！　知らないおばあさんに、いきなりそんなこときけないよ！」

　お母さんが、ふっと目を細めた。細めた目で、じろじろとぼくを見つめて、フフンと鼻でわらった。

「もしかして、こわいってこと？　あの古めかしい家に魔女が住んでるって、本気で思ってるの？　あのおばあさんが魔女だなんてまさか信じてないわよね？」

「そんなこと、信じてないよ！」

ぼくは、むきになっていいかえした。

「じゃあ、いってらっしゃいよ」

お母さんがすかさずいう。

「ホオズキくんだって、きっと、自分の分の家庭調査票がなくてこまってるわよ。いくだけいってらっしゃいよ。ちがってたらしょうがないけど、もし、あそこがホオズキくんの家なら、あんただって調査票をかえしてもらえるんだし……。確かめる価値はあるでしょ？」

まだぶつぶつと、ぼくは反撃をこころみたんだ。けど、結局、お母さんにいいくるめられてしまった。いっつも、そうだ。お母さんに口で勝てることなんて、ぜったいにない。

「お昼食べたら、いちばんにいってくるのよ」

最後には、お母さんが勝ちほこったように宣言し、ぼくはしぶしぶうなずくしかなかった。

（まぁ、いいや）

と、ぼくは心の中で思った。

（あの家の前までいって、ようすを見て、インターホンはおさずにひきかえしてこよう。お母さんには『やっぱり、ちがってた』っていえばいいや……）

そう心にきめたぼくは、お昼ごはんを食べおわると、クリアファイルにホオズキくんの家庭調査票をはさんで、魔女屋敷まで歩いていった。

魔女屋敷の門の前で、まわれ右して、さっさと帰ってくるつもりだったんだけど、そうはいかなくなってしまった。

だって、このまえまで表札のかかっていなかった魔女屋敷の門柱に、新しい表札がかかっていたから——。

鬼灯

その表札にしるされた名前は、あの転校生の名字と同じだった。

「鬼灯」の表札だ。

「……本当に、この家にひっこしてきたんだ……」

ぼくはつぶやいて、門柱の表札と、しげった木々におおわれた古い洋館を見くらべた。

こうなったら、しょうがない。お母さんのいうとおり、さっさと、家庭調査票をとりかえっこして、家に帰ろう。

ぼくが、大きくひとつ深呼吸をして、表札のすぐ下にあるインターホンのボタンに手をのばしかけたときだった。

門のむこうに見える、玄関のドアが、ガチャリと音をたてて開くのが見えた。

6 魔女屋敷の住人

目の前で開く、魔女屋敷のとびらを見て、ぼくはかたまった。

ふっくらとしたおばさんが、とびらのむこうから顔をのぞかせた。赤いフレームのめがねをかけたおばさんだ。おばあさんじゃない。

「いらっしゃい」

「こ……こんにちは」

ぼくは、やっとの思いで頭をさげ、ごくりとひとつ息をのみこみ、魔女屋敷から現れたおばさんを、まじまじと見つめた。

まだインターホンもおしていないのに、どうして、この人はまるで待

ちかまえていたみたいに、とびらをあけたんだろう?
そんなことを考えているぼくに、にこにこと
わらいかけ、おばさんが口を開いた。
「あなたは、どちらのお友だち?
京四朗? それとも京十郎?」
「えーと……、あの……、
鬼灯京十郎くんはいますか?」
「まあ!」
おばさんの顔がパッとかがやく。
「めずらしいわねえ! 京四朗よりさきに
京十郎にお友だちができるなんて!
あの子は、ぶあいそうだから、いつも、

なかなかお友だちができないのよ」

「いえ……、あの……、友だちっていうか……」

ぼくが、しどろもどろに説明しようとしているのに、赤ぶちめがねのおばさんは、家の中をふりかえって大声をはりあげた。

「京十郎！　お友だちよ！」

「あの……だから……、べつに、友だちっていうわけじゃ……」

ありません、というより早く、おばさんが、ぼくのために門をあけてくれた。

「さぁさ、どうぞ、どうぞ。入ってちょうだい。えんりょしないで。京十郎にお友だちができて、うれしいわ！　ゆっくりしていってね」

「あー、いえ……、あの……、ぼくは、ただ家庭調査票を……」

ぶつぶついっているうちに、門の中にまねき入れられ、さらには、玄

関の中に入りこむことになってしまった。

ふきぬけの広びろとしたホールの中央から、二階へと続く階段が見える。その階段のおどり場の手すりのあいだから、ふたつの顔がこっちを見おろしていた。

そっくりなふたつの顔。かた一方が青いフレームのめがねをかけていること以外、見分けがつかない。ホオズキ兄弟だ！

めがねをかけた方が、しゃべるのがきこえた。

「へえ、京十郎のとこに、友だちが遊びにくるなんて、どうなってんの？　しかも、転校初日に！」

「友だちじゃねぇし」

と、京十郎がいうのがきこえた。

（そのとおり！　ぼくだって、おまえなんかと友だちじゃないからな！）

と、心の中でいいかえす。

「ちょっと、ふたりとも、そんなところから、なにをじろじろ見てるの？　失礼ですよ。ほら、京十郎、早くお友だちをお部屋に案内しなさい。今、おやつを持っていってあげますからね」

おばさんが階段の上を見あげて、そういった。たぶんこの人は、ホオズキ兄弟のお母さんなんだろう。

「さぁ、どうぞ、どうぞ。ええと……、あなた、お名前は？」

おばさんにたずねられ、しかたなくぼくは答えた。

「橋本真先です」

「そう」

と、おばさんは、にこにこうなずく。

「マサキくんね。マサキくん、いらっしゃい。よろしくね。京十郎と仲よくしてやってね」

「はあ……」

と、うなずきながら見あげると、階段の上の京十郎が険悪な目つきでこっちをにらんでいた。あれは、「仲よくしよう」という目つきではない。

「こいよ」

つっけんどんに、京十郎がいった。

ぼくはムッとしたが、にこにこ顔のおばさんの前では、もんくもいえない。しかたなく玄関でくつをぬいだぼくは、しかたなく、

「失礼します」

と頭をさげて家の中にあがりこみ、しかたなく京十郎の待つ階段をのぼ

っていった。

ぼくがおどり場にたどりつくより早く、京十郎は、そのさきの階段をのぼりだしていた。

「こっち」

ふきげんな声が、背中ごしにぼくに投げつけられる。

（なんだよ、えらそうに……）

かちんときているぼくを、おどり場に立つ四年二組のホオズキくんが、ものめずらしそうにながめている。

「京十郎んとこに遊びにくるなんて、ものずきだなぁ……」

「べつに、遊びにきたんじゃ……」

説明しようとしたとき、階段の上からもう一度、京十郎の声がとんできた。

「おい。早く！　こっちだって！」

二階から、こっちを見おろしている京十郎を見あげ、ぼくはもう一度心の中でいいかえした。

（なんだよ！　えらそうに！）

こうなったら、さっさと家庭調査票をとりかえ、さっさと家に帰るぞ！　だいたい、来たくて来たんじゃないんだからな、京十郎の家なんて……。

ぼくは、まだこっちをじろじろ見ているホオズキ・兄をおどり場に残し、ぷんぷんしながら階段をのぼっていった。

階段をのぼりきった二階には、コの字形の廊下にそって、なんと五つものドアがならんでいた。正面のドアにむかって、いちばん右のはしにある部屋のドアを、京十郎がガチャリとあける。

「どうぞ」とも、「入れよ」ともいわず、京十郎はその部屋の中にさっさと入っていってしまった。ドアがあいたままなのは、きっと、ぼくに入ってこい、ということなんだろう。

ふきぬけのホールをかこむ手すりにそって、ぼくは廊下を進み、京十郎の部屋の前で立ちどまった。そうっと、あいたドアのむこうをのぞきこむ。思わず声がもれた。

「広っ！」

四じょう半のぼくの部屋の三倍？　……いや、四倍以上あるかもしれない。

おもてにむいた、大きなはきだし窓。高い天井。ベッドに勉強机。洋服ダンスに、本棚とかざり棚。カラフルなふたりがけのソファとスツールまである！

ベッドと机だけで満杯のぼくの部屋とは、大ちがいだ。

「ゴ……、ゴージャス！」

つぶやくぼくを、じろりと見て、京十郎がやっと、

「早く入れよ」

といった。

ぼくが部屋の中に入ったとたん、京十郎はすばやく、バタンとドアをしめた。

「ここ、おまえの部屋なの？」

ぼくはあらためて、広びろとしたホテルのスウィートルームみたいな室内を見まわして、京十郎に確認した。

「そうだよ」

ぶあいそうに、京十郎が答える。

「おばあちゃんが、としとってきて、ひとりじゃ広すぎるし、さびしいっていうから、おれたちも、このだだっ広い家にいっしょに住むことになったんだよ」

おばあちゃん……というのは、きっと、まえからときどき見かけていた、あの魔女のおばあさんだな……と、ぼくは心の中で思っていた。

「おまえ、なにしに来たんだよ」

京十郎が、ぼくをじろじろ見る。

ぼくは、クリアファイルを、さっと京十郎の目の前につきつけた。

「家庭調査票」

「?」

京十郎は、けげんそうにファイルを見つめている。どうやら自分の家庭調査票が、どこかにいってしまっていることには、気づいていなかったらしい。

ぼくは説明してやった。

「これ、ぼくのプリントの束の中に入ってた。おまえの家庭調査票だよ。もしかして、おまえ、ぼくの分の調査票持ってないか?」

「なんで、おまえがおれの調査票、持ってんだよ」

京十郎が非難するようにいったので、ぼくはうんざりした。お母さんにも責められ、京十郎にも責められるなんてサイテーだ。ぼくのせいじゃないのに! 人が親切で持ってきてやったのに!

「ヒロヒロ……いや、広沢先生がまちがってくばったんだと思うけどね。ぼくだって、なんでなのか、ききたいよ」

とんがった声でいうぼくには目もくれず、京十郎は、でっかい勉強机の上にのっかっていた手さげ袋の中をのぞきこんだ。

袋の中から、ぼくが持ってきたのとはべつのクリアファイルをとりだし、ファイルの中身を確認している。

きちんとファイルにおさまったプリント類を見て、ぼくはさらに、京十郎のことがきらいになった。

（なんだ？　ずいぶん、きっちりしたやつだな）

いつもプリントといえば、ぐちゃぐちゃ、ごちゃごちゃにしてしまうぼくとは、ぜんぜんちがうタイプみたいだ。

（ぜったい、友だちにはなれないやつだな）

と思う。

「ああ、これか……。家庭調査票……」

みつけだした調査票をファイルからぬきとり、京十郎がふたつ折りの紙を開くのを、ぼくはだまって見守っていた。

「ちぇっ」

と、舌うちをして、京十郎が顔をしかめた。

「ほんとだ。これ、おれのじゃねえや。橋本真っ先ってやつのだ」

やっぱり、ぼくと京十郎の調査票があべこべになっていたんだ。

「真っ先じゃなくて、マサキだよ。それ、ぼくの調査票」

ぼくが訂正すると京十郎は、調査票から目をあげ、ぼくの顔を見てフンとわらった。

「へんな名前」

カッと、頭に血がのぼった。

「おまえって……、おまえって……」

がまんできなくなって、ぼくはお腹の底のむしゃくしゃをはきだした。

「ほんっと、いやなやつだな！」

（とうとう、いってやった）というスッキリ感と、（とうとう、いってしまった）という罪悪感が心の中でうずまいて、頭がくらくらする。

でも、京十郎の方は、ぼくのことばをきいても、まったく動じるようすはなかった。

京十郎は、ニヤリとわらった。

「よく、いわれる」

しれっといいはなつ京十郎の顔を、ぼくはただにらみつけるしかなかった。

（こんなやつ……、こんなやつ……、仲よくなんてなれっこない！　ユウキくんがいなくなって、かわりに、こんなやつが転校してくるなんて、ありえない！　神さま！　こんなトレード、サイテーです！　もとにもどしてくださーい！）

心の中でさけび続けるぼくは、広い部屋のまんなかで、京十郎とにらみあっていた。

そのときだ。

ぼくのすぐ右手にある、どっしりとした本棚とかざり棚のあいだから、なにか、どす黒いけむりのようなものが、もやもやっとはみでてくるのが見えたんだ。

ぎょっとして見守るぼくの前で、黒いけむりはだんだんまとまって、けむりがすっかりかたまって、黒ぐろとした姿が現れたとき、ぼくは、なにかの形になっていく。

「あ！」

と、さけんでいた。背中がゾクゾクッと、つめたくなる。

それは、あの人形のかげだった。棚と棚のあいだから出てきた黒いかげが、人の形になって、高い天井からぼくを見おろしているんだ！

京十郎も、ぼくといっしょに天井を見あげていた。

「おまえ、へんなやつにとりつかれたな」

落ちつきはらった声で、京十郎がいうのがきこえた。

「こいつは、カゲビトだ。いったい、どこでとりつかれたんだ？」

7 オバケが見える能力(のうりょく)

「カ、ゲ、ビ、ト?」

天井(てんじょう)までのびあがった、人形(ひとがた)のかげを見あげて、ぼくは京十郎(きょうしゅうろう)のことばをくりかえした。

そのとき、京十郎の部屋(へや)のドアを、だれかがトントンと、ノックした。

「京十郎、おやつ持(も)ってきましたよ」

その声がきこえたとたん、のびあがっていたかげは、ひゅ、ひゅ、ひゅ、ひゅ、ひゅ、ひゅっとちぢんで、本棚(ほんだな)とかざり棚のすきまにひっこんでしまった。

あっというまのできごとだ。

ガチャリとドアをあけて、京十郎のお母さんが顔をのぞかせたときにはもう、人形のかげ――カゲビトの姿は見えなくなってしまっていたんだ。

部屋の中につっ立っているぼくと京十郎を見て、おばさんはまゆをひそめた。

「まぁ、ふたりとも、そんなとこでなにしてるの？　京十郎、ほら、お友だちにすわってもらったら？　おやつは、こっちのソファの前のテーブルにおくわね」

おばさんの手の中のおぼんの上には、オレンジジュースの入ったコップがふたつ、それから、手作り風のクッキーを山もりにしたお皿がのっかっていた。

テーブルの上に、おやつをならべ始めるおばさんと、つっ立っている
ぼくを見くらべながら、京十郎が口を開いた。
「おやつ、いらないよ。こいつ、もう帰るってさ」
おばさんの右かたと、右のまゆ毛がいっしょに、ぴくりと持ちあがる
のが見えた。
「京十郎……」
テーブルの上にかがみこんでいたおばさんは、手の動きをとめ、ゆっ
くりと顔をあげて、息子をしずかに見つめた。
「せっかく、お友だちが遊びにきてくださったのに、その口のききかた
は、なにかしら？」
とてもおだやかな口調だったが、なぜか、そのことばは、すごくおっ
かなかった。

「遊びにきたわけじゃありません」

なんて、とてもいいだせる雰囲気じゃない。さすがの京十郎も、なんだか気まずそうにだまりこんでいる。

「おやつ、おいておくわね」

おばさんは、おぼんの上のものをすべてテーブルの上にならべきると、念をおすようにいった。

「いい？　お友だちとは、仲よくするんですよ。失礼なことをいったり、無礼な態度をとったりしたら、ママが許しませんからね」

ぼくと京十郎はまったくタイプがちがうけど、ぼくのお母さんと京十郎のママもまるでちがうタイプなんだと思う。

ぼくのお母さんの武器は、なんてったって、よくまわる口だけど、京十郎のママの武器は、するどく相手を射すくめる氷みたいな視線だ。共通点は、どっちも、ものすごくおっかないこと。口ごたえなんて、できそうもない。

「マサキくん、どうぞ、ごゆっくり。クッキー、いっぱい食べてね。おばさんが焼いたのよ」

　ぽっかぽかのお日さまみたいな笑顔をぼくにむけた京十郎のママは、次のしゅんかん、ふたたび氷の視線で京十郎を射すくめた。

「じゃあ、京十郎、いいわね？　失礼のないようにね。お返事は？」

「……はい」

ぼそっと、京十郎が答えた。

それをきいて、やっと安心したのか、おばさんはおぼんを持って部屋から出ていった。

ホウッとぼくがため息をつくのと同時に、京十郎もホウッと息をはきだした。

ぼくたちは、なんとなく顔を見あわせ、なんとなくおたがい、気まずさをうめあわせるように、ニヤリとわらった。

「うちのお母さんより迫力あるかも……」

ぼくがいうと、京十郎が意外そうにぼくを見た。

「おまえんちのママ……いや、お母さんも、かなりおっかないのか？」

「い、もち、あたりまえ。おまけにうちには、もうひとり、もっとこわいお姉ちゃんまでいる」

京十郎が顔をしかめた。

「それ、きついな」

「きついよ。おまえは、いいじゃん。お兄ちゃんていったって、同い年だろ？　年上だからって、いばりちらされることないんじゃね？」

「双子には双子の苦労があるんだよ」

京十郎が、もっともらしい顔でいう。

「へえー、そっか……」

と、ぼくはすなおにうなずいた。そういうもんなのかな、って思ったんだ。

それからぼくは、急にハッと思い出して、カゲビトのひっこんだ本棚のかげをそうっとうかがった。

あいつは、見えない。出てくるようすもない。

「あれ、なんだったんだ？　おまえも、見ただろ？」

ぼくが、あらためてたずねると、京十郎はうなずいた。

「ああ、見たよ。だから、あれはカゲビトだって。古い家なんかに住みついてるやつで、いつもはなんにもしないんだけど、たまあに、人にとりつくんだよ」

「とりつく？」

ぼくは、ぞぞっとしながらききかえした。

京十郎がうなずいて、ことばを続ける。

「人の心のすきまに入りこんで、とりつくんだ。すきまがないと、とりつけないから、心にすきまのある人間がやってくるのをずっと待ってて、それで、チャンスが来ると、とりつくわけさ」

「心に……すきまって？」

たずねるぼくの目を、京十郎がじっと見かえした。

「おまえさ、最近、なんか、心にぽっかりあながあくようなことがあっただろ」

（あ……）

と、心の中で声をあげた。

（ユウキくんだ……。ユウキくんがひっこしちゃって、ぼくの心にあながあいたんだ……）

だまりこんだぼくに、京十郎がいった。

「やっぱりな。なんか、ピンと来ることがあったんだな。それが、なんなのかは知らないけど、そのせいで、カゲビトにとりつかれたんだよ。まあ、ほっとけ。べつに、たいしたやつじゃないから。ああやって、ときどき、出てきて、おまえをおどろかして、また、ひっこむだけだ。ムシしてりゃ、そのうち消えるって」

「……そのうちって？　どれぐらいで消えるんだ？」

京十郎が、うーん、と考えこむ。

「まあ、一年ぐらいかな？　早ければ半年。いちいちびっくりしないで、完全ムシできれば、もうちょい早く消えるかもな」

「やだよ！」

と、ぼくは思わずさけんでしまった。

「二、三日で消えるんなら、がまんできるけど、一年でも半年でも、やだよ！　何か月もあんなやつにつきまとわれたら、たまんないよ！　だいたい、家族や友だちだって気味悪がるにきまってるし！」

「だいじょうぶ、だいじょうぶ」

京十郎（きょうじゅうろう）がいった。

「心配（しんぱい）しなくても、あいつが見えるのは、とりつかれた本人だけだから。だまってりゃ、まわりのやつには気づかれないって」

「うそだね」

ぼくはすかさずいいかえす。

「じゃ、なんで、おまえは見えるんだよ？　さっき、ぼくといっしょに、あのカゲビトを見たんだろ？」

「おれは、べつなの」

京十郎がいった。

「おれには、見えちゃうの。つきものや、オバケや、ユウレイが、見える体質（たいしつ）なんだよ」

「え？」

ぼくは、息をのんで、まじまじと京十郎の顔を見た。

ひょろっとした体格に、どこかするどい目、おとなびた口調と、あやしい雰囲気。

こいつなら、本当に見えちゃうのかもしれないという気がした。カゲビトも見たわけだし……。

「まじで？」

ぼくがそうききかえすと、京十郎はまたちょっと意外そうな顔をした。

「あれ？『そんなのうそだ』とか、

『ふざけんなよ』って、いわないのか？」

「え？」

もう一度、ぼくは息をのむ。

「うそなのか？」

「いいや、うそじゃないけど……」

京十郎が、じろじろぼくを見る。

「ふつう、おれがそういうと、みんな、本気にしないんだけどな」

京十郎は、ぶつぶついっていたけど、ぼくは、それどころじゃなかった。

「うそじゃないんだな⁉　ほんとうなんだな⁉　おまえ……おまえ、オバケとか見えちゃうんだな⁉　なんで⁉　いつから⁉　すげえな‼　今も見える⁉」

これじゃあ、まるで、ぼくのお母さんみたいだ。質問を連発してつめよるぼくを、京十郎はあきれたように見ていた。

「おまえだけなの？」

ぼくはふと、もうひとつ質問を思いついて、きいてみた。

「つまりさ、双子のお兄ちゃんの方は、見えたりしないのかってこと」

「見えるよ」

あっさりと、京十郎は答えた。

「ふたりとも？　ふたりそろって、オバケとか見えちゃうの？」

ぼくが目をまんまるにしてたずねると、京十郎は、ひょいとかたをすくめて、なんでもなさそうにいった。

「おれたちだけじゃなくて、うちは、パパもママも、おばあちゃんも、みんな見えるんだよ。代だい、そういう一族なんだってさ」

「代だい？　……そういう一族って、見えちゃう一族ってこと？」

「イエス！」

きっぱりと、京十郎が答える。それから、京十郎は、びっくりしているぼくに、鬼灯一族のことを語ってくれた。

鬼灯家の祖先は、平安時代から陰陽師として知られる一族だったらしい。

陰陽師っていうのは、うらないや、まじないや、妖怪たいじの専門家で、平安のころは政府につとめるお役人だったっていうんだから、びっくりだ。

「まあ、祖先がそんなだったせいか、鬼灯一族の中には今でも、ちらっとオバケが見えちゃう人とか、ゆるーく予知能力のある人とか、かるーくテレパシーが使える人とかが生まれたりするんだ」

「ちらっとオバケ？　ゆるーく予知？　かるーくテレパシー？」

ぼくは、もう、ただただおどろくばかりだった。

京十郎は続ける。

「うちは、おばあちゃんが見えて、パパも見えるとこに、たまたま結婚したママまで見えちゃう人だったんだ。代だい続く神社のむすめだったママは、オバケも見えるし、ちょこっと予知能力もあるらしい」

「へえー」

と、うなりながら、ぼくは思っていた。

さっき、インターホンをならすより早くおばさんがドアをあけたのも、予知能力のせいだったのかもしれないな……って。

「とにかく、見えちゃう人どうしが結婚して生まれた、おれと京四朗は、見えちゃう力がはんぱなくて、特におれなんて、バッチリ、クッキリ、オバケが見えるんだよ」

「い……今も、見えてんの？」

ぼくは、こわごわきいた。

「ああ、見えてるよ。この部屋なんて、オバケだらけだぜ」

「うえっ？　オバケだらけ？」

のけぞるぼくを見ても、京十郎はすずしい顔をしている。

「まぁ、たいがいのオバケは、カビとかバイキンといっしょで、そこらをフワフワしてても、べつに悪さはしないんだ。あ、ほら、今、おまえの頭にのっかってるやつなんて、かわいいもんだぞ。ピンク色のボールみたいなやつだ」

「わ、わ、わ、わ、わ」

と、ぼくは、自分の頭を手ではたいて、とびはねた。

「だから、あわてなくっても、なんにもしないってば。この世はオバケだらけなんだから……。ただ、みんな、見えてないだけなの」

「お、おまえ、オバケなんて見えて、よく平気だな……」

ぼくがあきれたようにいうと、京十郎はまた、かたをすくめてみせた。

「ま、なれだよ、なれ。ちっちゃいときからずうっと見えてれば、べつに、どうってことないって。おれ以外の家族はみんな、特別なめがねで視力矯正して、オバケを見ないようにしてるけど、おれの目は見えすぎちゃって、めがねをかけても矯正できないんだよな。だから、あきらめて、オバケとつきあってるってわけ」

そうか！　ホオズキ・兄がかけてるブルーのフレームのめがねも、京十郎のママがかけてる赤いフレームのめがねも、あれは、視力をよくするためのめがねじゃなかったんだ！　視力を悪くするためのめがね──オバケを見えないようにするためのめがねだったんだ！　紫外線をカットするサングラスみたいにオバケをシャットアウトする特別なめがねを、鬼灯家の人たちはかけているっていうことなんだろう。

さんざん一族のことを語ったあとに、京十郎は、ぼうぜんとしているぼくにむかって、いった。

「今、しゃべったことは、もちろん、ぜったい、だれにもひみつだからな。ぺらぺらしゃべんなよ」

「え？」

ぼくは、またまたおどろいて、京十郎を見る。

「ひみつなの？　だって、おまえ、ぼくにぺらぺらしゃべったじゃん」

「だから、ふつうは、オバケが見える、なんていっても、みんな信じないんだよ」

と、京十郎がいった。

「こそこそかくしてると、かえってあやしまれるから、いつも、ストレートに話すことにしてるんだ。そうすれば、みんな逆に、おれが冗談をいってるんだと思うから、都合がいいんだ。あっさり信じたやつは、おまえが初めてだ」

「えっ？　ぼくが初めて？　ほんとに？」

なんだか、ほめられた気がして、うきうききかえすぼくを、京十郎がじろりと見た。

「ほめてねぇよ。あきれてんだよ。おまえ、へんなやつだな」

ぼくは、むっとした。

オバケが見えるやつに、へんなやつなんて、いわれるおぼえはない。

だまりこんだぼくのかたを京十郎（きょうじゅうろう）がポンとたたいた。

「もし、ひみつを守（まも）るって、ちかうんなら、おれが助（たす）けてやるよ。おまえにとりついてるカゲビト、おれがおっぱらってやろうか？」

8 カゲビト送り

ぼくは、鬼灯家のひみつを決してだれにもしゃべらないと、京十郎にちかった。それからぼくと京十郎は、へんてこな指きりをかわした。おたがいの小指と小指をつなぎあわせると、京十郎はこんなまじないをとなえたんだ。

「指きり　げんまん　うそつくな。
口と　ひみつに　かぎかけろ。
かけたら　ないしょ。
いわぬが　花よ。

しゃべれば　オバケが　とっつくぞ。ナンダラ、モンダラ、マンダラゲ」

（へんな指きりだな）

と思ったけど、しょうがない。とにかく、これで儀式はおわり、京十郎は満足したようだった。

京十郎のママが作ってくれた、レーズンとナッツのクッキーを食べ、オレンジジュースをのみながら、ぼくは質問してみた。

「どうやって、カゲビトをおっぱらうの？」

「まかせとけって。おれはプロなんだから」

「プロ？」

ぽかんとするぼくの前で、京十郎が自信たっぷりにうなずく。

「そうさ、おれはオバケのプロフェッショナルなんだぜ」

「オ、オバケのプロフェッショナル……？」

それって、どんなプロなんだ？　と、ぼくが首をかしげると、京十郎は説明してくれた。

「うちには先祖代だい、オバケふうじの秘術をしるした巻物や、オバケ研究の本がどっさり伝わってるんだ。おれはママたちにねだって、ちっちゃいころから、おとぎ話のかわりに、そんな巻物や本を読んでもらって育ったんだよ。字が読めるようになってからは、もちろん、自分でも読みまくった。だから、今じゃ、れっきとしたオバケのプロってこと。まぁ、まかせとけって」

「う、うん。まかせる……」

オバケのプロの小学生かあ……。たのもしいような、不気味なような、びみょうな感じだ。でも、とにかく、カゲビトにとりつかれてるぼくとしては、目の前で、オバケのプロだとむねをはる京十郎にすべてをまかせるしかなかった。

「カゲビトを送るには、広い空がいる」

「送る……って？」

クッキーをほおばりながら、もごもごとぼくは質問する。京十郎も、クッキーを食べ食べ、もごもごと答えた。

「送るっていうのは、おっぱらうってこと。カゲビト送りに欠かせないのは、とにかく、広い空なんだよ」

「空なんて、広いにきまってるじゃん」

ぼくがふしぎそうにいうと、京十郎は、フッとため息をついた。

「広いっていうのは、さえぎるものがないってことだよ。その窓の外を見てみろよ」

京十郎が子ども部屋のはきだし窓の方を指さしたので、ぼくは外に目をむけた。バルコニーの手すりのむこうに青い空が広がっている。ぼんやりとうす青い春の空だ。

京十郎がいった。

「空は見えるけど庭の木だとか、うらの家の屋根にじゃまされてて、せまいだろ？　カゲビトをおっぱらおうと思ったら、こんな空じゃだめなんだよ。見わたすかぎり、ただ空だけが見えるとこじゃないと……。どこか、そんなとこ、この町にあるか？」

「うーん……。なんにもさえぎるものがなくて、見わたすかぎり空だけが見えるとこかぁ……」

ぼくは考えこんだ。

「桜西町と東町のあいだの坂道のてっぺんは、どうかな？」

「だめだめ」

ぼくのことばに京十郎が、すかさず首を横にふる。

「あそこは電線があって、ごちゃごちゃしてるから、だめ」

「うーん、だめかあ……」

そういわれてみると、なかなか、広びろとした空だけが見える場所って、ないものだ。

公園のジャングルジムのてっぺんにのぼったって、木がしげってて、葉っぱや枝にじゃまされる。国道をまたぐ歩道橋の上に立っても、やっぱり電線や道路ぞいのマンションが視界に入ってくるだろう。

しばらく、ああでもない、こうでもないと考えていると、とつぜん、頭の中にいい場所がひらめいた。

「ラッキーパークの屋上駐車場だ！」

「ラッキーパーク？」

京十郎は、まだ知らないらしい。ラッキーパークは、ぼくたちの校区でいちばんでっかい商業ビルだ。一階にはスーパー、二階にはおしゃれな洋服や雑貨を売るショップ、三階には、大型電機店が入っている。四、五階は駐車場、さらに、その上の屋上にも駐車場があるビルなんだ。

ぼくが、そう説明すると、京十郎は、

「なるほどな」

とうなずいた。

「確かに、屋上駐車場なら、空は広そうだ」

いいおえた京十郎は、オレンジジュースをぐっとのみほし、からのコップをストンとテーブルの上にのっけた。

「いこうぜ、マッサキ。カゲビトを送りにいくぞ」

「マッサキじゃなくて、マ、マ、マサキ」

ぼくは訂正してから、京十郎と同じくジュースをのみほした。

こうして、ぼくと京十郎は、ラッキーパークの屋上へとむかったんだ。

京十郎は、エスカレーターであがるあいだ、きょろきょろと見まわしていた。

「へえ。いなかのわりには、でっかいスーパーだな」

いいいなかかかか、いいいなかのわりにはということばはムシして、

「そうだろう」

と、ぼくはむねをはった。

「二階のすみっこには、ゲームコーナーもあるんだぜ」

しかし、もちろん今日は、ゲームコーナーなんかによっているひまはない。ぼくらは、そのまま、どんどんエスカレーターで屋上まであがっていった。

ぶあついガラスとびらをおしあけ、ふきこんでくる春風と入れちがい

におもてに出てみると、屋上駐車場は、がらんとしていた。平日の昼さがり、お店もそれほどこんでいなかったから、車で来た人たちはみんな、四階と五階の駐車場に車をとめたのだろう。

「ラッキー！　だれもいない」

ぼくは明るい声をあげ、からっぽの屋上のまんなかまで歩いていった。

春風が気持ちいい。見あげると、うす青い空が頭の上に広がっていた。電線も、電柱も、ビルも、木立ちも、なんにもじゃまするもののない大きな空だ。

「うん。ここなら、いいぞ」

京十郎も満足そうにうなずきながら、ぼくのそばまでやってきた。

「さあて……」

京十郎が大きく春風をすいこむ。

「じゃあ、カゲビト送り(おく)を始(はじ)めるか」

「どうやるんだ？」

ぼくは不安(ふあん)な気持(きも)ちでたずねた。心臓(しんぞう)がもう、ドキドキし始めている。

「どうってことない」

京十郎(きょうじゅうろう)は余裕(よゆう)しゃくしゃくで、ニヤリとわらった。

「おれが印(いん)を結(むす)び、結界(けっかい)を作り、呪文(じゅもん)をとなえて、カゲビトをおまえからひっぺがす」

「ひっぺがす……」

ぼくは、ますます不安になって、ききかえした。京十郎はうなずいて、ことばを続(つづ)ける。

「だいじょうぶ、だいじょうぶ。いたくもかゆくもないから。おまえは、そのあいだ、だまって、ひたすら自分のかげを見てればいいんだ」

「自分のかげ？」

そういわれて、目を落とすと、屋上駐車場のだだっ広いコンクリートの床の上に、ぼくのかげが落ちていた。西にかたむき始めた太陽の光をうけ、足もとに黒いかげがのびている。

「ひとつだけだいじなことは、おれが合図するまで、ぜったいにかげから目をはなさないこと。声を出してもいけない。なにがおこっても、どんなことを見ても、なにもいうな。ただだまって、じっと、自分のかげだけ見てろ。いいな？」

「うん……。わかった」

ぼくはうなずいて、大きくひとつ深呼吸をした。これからなにが始まるのか、よくわからなかったけど、とにかく、ぼくはだまって自分のかげだけ見ていればいいらしい。それなら、べつにむずかしくはなさそうだ。

ぼくと京十郎は、屋上の駐車場のまんなかにならんで立った。見あげると、広い大きな春の空。今日は、雲もうかんでいない。

ぼくと京十郎がならんで立つと、コンクリートの床の上にも、ふたりのかげがならんで落ちた。

「さあ、始めるぞ」

京十郎がぼくを見ていったので、ぼくは、大きくうなずいて、床の上にうつる自分のかげをじっと見つめた。

京十郎がスッと息をすう気配がした。そして、京十郎はスラスラとむずかしい呪文をとなえ始めた。

「ナマク　サマンダ　バサラナン　センダ　マ　カ　ロ　シャナ　ソワタ　ヤ　ウン　タラタ　カン　マン。ナマク　サマンダ　バサラナン　センダ　マ　カ　ロ　シャナ　ソワタ　ヤ　ウン　タラタ　カン　マン……」

呪文はしだいに熱をおび、声が高まってゆく。それにつれ、となえることばのスピードも速まっていった。

「ナマク　サマンダ　バサラナン　センダ　マ　カ　ロ　シャナ　ソワタ　ヤ　ウン　タラタ……！」

すると……。

ふしぎなことがおこった。ぼくの足にくっついていたかげが、ゆらゆらとコンクリートの上でゆれ始めたんだ！

ぼくは動いていないのに、かげだけが身をよじるようにゆれている。

「ナマク　サマンダ　バサラナン　センダ　マ　カ　ロ　シャナ　ソワタ　ヤ　ウン　タラタ　カン　マン！」

ぼくは、はげしくゆれる自分のかげを見つめ、息をつめていた。

「ナマク　サマンダ　バサラナン――」

あっ！　と、口からもれそうになる声を、ぼくはひっしにのみこんだ。

かげが！　ぼくのかげが、なんと、ぺろりとコンクリートの床からはがれ、おきあがろうとしている！

悲鳴をおさえ、にげだしたい気持ちをふりはらい、じっと、じっと、がまんして立っていると、とうとうかげは、ぼくの足からはなれて、すっくと目の前に立ちあがったんだ！

STAR

息をのみ、恐怖とたたかうぼくの前に立ちふさがる、黒いカゲビト。

カゲビトの黒ぐろとした顔が、ぼくを見おろしたかと思うと、その顔のまんなかで、ふたつの目玉がパチリと見開かれた。

ぼくは、またまたひっしに悲鳴をのみこみ、歯をくいしばった。

カゲビトは、ぼくをにらみつけ、ムクムクと大きくなっていくようだ。

(もう、だめだー!)

と思った、そのとき、

「今だ!」

と、京十郎の声がひびいた。

「マッサキ! かげから目をはなせ! まっすぐ、空を見ろ!」

ぼくはハッとして、目をあげた。頭の上に広がる青い空を見あげると
……。

なんと、足からはなれたかげが、ぼくの視線といっしょに、スウッと空へのぼっていくのが見えた。

ぼんやりと青い、大きな春の空に、くっきりと、かげぼうしがひとつうかんでいる。

かげぼうしを見あげるぼくの横で、京十郎が大きな声でさけんだ。

「カゲビト、カゲビト、とんでいけ！

空のかなたへ　光のもとへ！

ナマク　サマンダ　カゲビト　ソワカ　ウン　タラタ　ダドバン！」

そのことばとともに、空にうかんだかげは、フワリとゆれて、糸の切れたたこのように、どこかへとびさってゆく。

かげが遠ざかるほどに、なんだかぼくは、心が軽くなっていく気がした。

仲よしのユウキくんがひっこしてしまってからずっと、心の中にわだかまっていた黒い雲が、だんだん晴れていくような気分だ。

カゲビトが小さな黒いシミになって、やがて青空のかなたに消えていくのを、ぼくは屋上のまんなかで、じっと見守っていた。

ぽん、と、京十郎がぼくのかたをたたいた。

「おつかれ」

ハッとして、目をむけたら、そこに笑顔の京十郎がいた。

「おわったのか？」

おそるおそるたずねるぼくに、京十郎がうなずく。

「ああ。終了、終了」

さばさばした調子でそういって、京十郎が大きくのびをする。

「もう、カゲビトは、おまえからはなれたから、心配ないぜ」

ぼくは、もう一度、青い空を見あげ、それから足もとを見おろした。

ぼくのかげは、もう何事もなかったように、ぼくの足にくっついて、コンクリートの床の上にのびている。ちらりとも、ゆらりとも動かない。

「あ……、ありがとう」

ぼくは、思い出して、京十郎にぺこりと頭をさげた。

京十郎は、なにもいわなかったけど、お日さまの光の中、まぶしそうに目を細め、ちょっぴりわらったみたいだった。

カゲビトがとんでいった空の方から、春風がふきおりてきた。

京十郎とぼくは、なんとなく、屋上をかこむ高いフェンスに近よって、そこから、目の下に広がる町を見おろした。

ぼくの町だ。ぼくの校区の町――。国道を車が流れていく。山の下の線路を走る電車が見える。ぼくの……、ぼくたちの学校も国道のむこうにちゃんと見えていた。

「さあて……」

あみ目のようになったフェンスに両手をかけ、そのあみの目のあいだからじっと町を見つめていた京十郎がつぶやいた。

「この町には、ほかにどんなオバケがいるのかな」

ぼくは、京十郎とならんでフェンスにくっつきながら、ちらりと友だちの横顔を見る。

こいつには今、どんな景色が見えているのかな？　とぼくは思った。オバケが見えるって、どんな気分なんだろう？　今も、ぼくらのまわりには、ぼくには見えないオバケがうじゃうじゃしてるんだろうか？

町をつつむ陽ざしの中には、もう夕ぐれの気配がちょっぴりただよっている。遠い山並の上に、小さな雲がひとつだけうかんでいるのが見えた。

こうして、ぼくの新しい春は、新しい転校生とともに始まった。

鬼灯京十郎――。ぶっきらぼうで、あやしくて、とっつきにくいやつだけど、どうやら本当にオバケのプロらしい。

だって、その後、あのカゲビトは、ぴたりと姿を現さなくなったんだから――。

あの日、家に帰ったぼくを、お母さんはもちろん質問ぜめにした。

「どうだった？　やっぱり、魔女屋敷の子だった？」

「どっから、ひっこしてきたんだって？」

「あの家の中って、どんなふうだった？」

「おうちの人に会った？　お母さんって、いくつぐらいの人？」

「まえから、あの家に住んでたおばあさんは、その子のおばあさんなの？」

ぼくはしかたなく、お母さんの質問にひとつずつ答えてやったけど、もちろん、あのことはいわなかった。

鬼灯家の人たちにはオバケが見えるっていうことは……。だって、それは、ぼくと鬼灯京十郎、ふたりだけのひみつだったからだ。


カゲビトを送った翌日、学校で顔をあわせても、京十郎はあいかわらず、きげんの悪い顔をしていた。新しいクラスの中にでき始めた友だちの輪に加わろうともしない。

でも、昼休み、運動場に出ていこうとするぼくをよびとめて、あいつは、こんなことをいったんだ。

「おい、校庭のすみっこのサクラの木から、どうもあやしい気配がする。タチの悪いオバケが住みついてるのかもしれないぜ。調査するから、放課後、いっしょにこい。助手にしてやるよ」

「なんだよ。かってに助手にしてやるだなんて、えらそうに……」

ぼくはムッとして、ぶつぶつつぶやいたが、じつは、ちょっぴりうれしい気分だった。オバケのプロの助手に指名されるなんて、めったにない経験だ。

新しい春に、新しい友だちと、新しいひみつがひとつ……。

これから、どんな毎日が待(ま)っているんだろう?

ぼくの心の中で、またひとつ、新しい不安(ふあん)とワクワクがふくらみ始(はじ)めていた。

カゲビト

出現場所

古い家や、ひとけのないさびしい場所。

習性

このオバケは、人間のさびしさや悲しみにひきよせられるらしく、心にぽっかりあながあいた状態の人にとりつく。
ふつう、姿は見えないが、とりつかれると、その人だけには、黒い人形のかげのような姿が見えるようになる。
気味が悪いが、特に悪さはしない。

たいじ法

ほうっておいても、数か月から１年で、とりついた人からはなれるが、早くたいじしたい場合は、オバケのプロにカゲビト送りをしてもらう。

富安陽子

とみやす ようこ

1959年、東京に生まれる。和光大学人文学部卒業。『クヌギ林のザワザワ荘』(あかね書房) で日本児童文学者協会新人賞、小学館文学賞、「小さなスズナ姫シリーズ」で新美南吉児童文学賞、『空へつづく神話』で産経児童出版文化賞、『盆まねき』(以上偕成社) で野間児童文芸賞、産経児童出版文化賞フジテレビ賞を受賞。そのほかに「内科·オバケ科　ホオズキ医院シリーズ」(ポプラ社)「菜の子先生シリーズ」(福音館書店)「シノダ! シリーズ」(偕成社)「妖怪一家九十九さんシリーズ」(理論社) など多数の作品がある。

小松良佳

こまつ よしか

1977年、埼玉県に生まれる。武蔵野美術大学視覚伝達デザイン科卒業。児童書の挿絵の仕事を中心に活躍中。富安氏との作品に『竜の巣』「内科・オバケ科　ホオズキ医院シリーズ」(以上ポプラ社)『ほこらの神様』『それいけ! ぼっこくん』(以上偕成社) があり、ほかに「お江戸の百太郎シリーズ」『つむぎがかぞくになった日』(以上ポプラ社) など多数の作品がある。

ホオズキくんの
オバケ事件簿(じけんぼ)
1

オバケが見える転校生(てんこうせい)!

2018年9月　第1刷
2019年6月　第2刷

作／富安陽子　絵／小松良佳

発行者／千葉 均
編集／松永 緑
装幀／宮本久美子（ポプラ社デザイン室）
発行所／株式会社ポプラ社
〒102-8519　東京都千代田区麹町 4-2-6　8・9F
電話（編集）03-5877-8108
（営業）03-5877-8109
ホームページ www.poplar.co.jp
印刷／中央精版印刷株式会社
製本／島田製本株式会社

ISBN978-4-591-15979-8 N.D.C.913／142P／21cm

P4149001

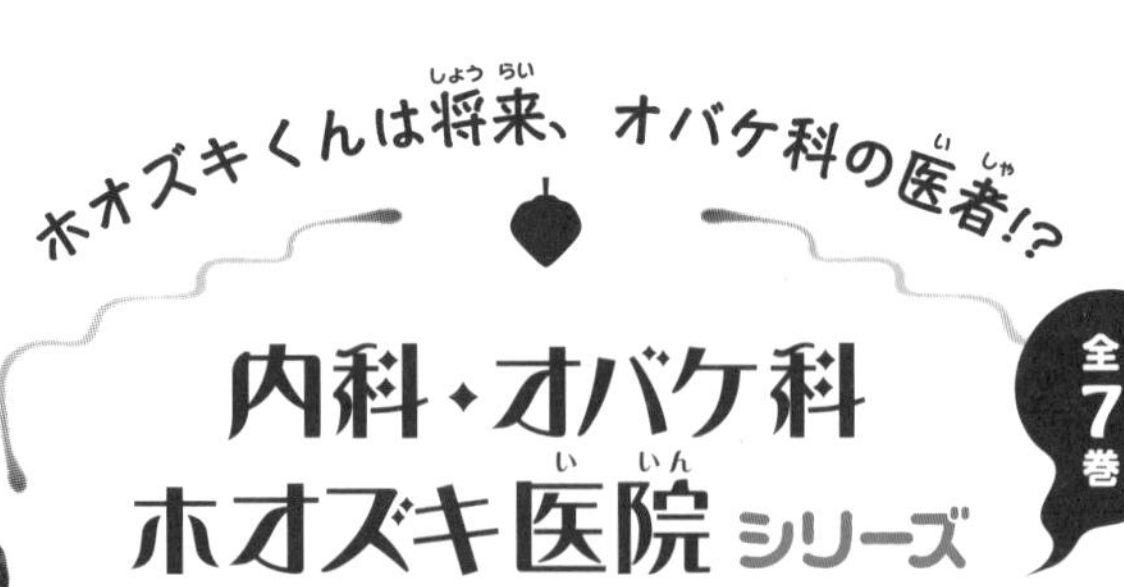

富安陽子 作　小松良佳 絵

★ 小学校中学年向き ★

オバケだって、カゼをひく!

ある日、道にまよった恭平がたどりついたのは、世界にたった1人しかいないオバケ科の専門医、鬼灯京十郎先生の病院だった!

タヌキ御殿の大そうどう

うっかりオバケの世界に入りこんだ恭平は、タヌキの若君の病気をなおすため、またもや鬼灯先生の助手をすることに!!

学校のオバケたいじ大作戦

鬼灯先生が、恭平の小学校の健康診断にやってきた!　そして、恭平は学校のオバケたいじを手伝うことに……。

鬼灯先生がふたりいる!?

マジックショーのポスターに、鬼灯先生そっくりの魔術師の写真が!　おどろいた恭平が先生に真相を確かめにいくと……?

オバケに夢を食べられる!?

いい夢を食べて悪い夢を見せるオバケをつかまえるため、鬼灯先生と恭平が、きのうの夜の世界へタイムスリップ!

SOS! 七化山のオバケたち

鬼灯先生によびだされ、恭平は変わり者のオバケたちが住む七化山へむかった。そこでは、体が石になるなぞの病気が!

ぼくはオバケ医者の助手!

鬼灯先生のお母さんから、むりやりオバケの往診にいかされた恭平。待っていたのは、雪女!　そして、患者の正体は!?